솜사탕 이불

솜사탕 이불

손성일 동시집

개미

| 시인의 말 |

나의 오랜 꿈

나의 오랫동안의 꿈이 이루어졌습니다.

평생 꿈으로만 끝날 거라 자포자기했는데 내 이름으로 된 책이 출간된다 하니 날아갈 듯 좋습니다.

이 책을 만날 독자들도 꿈을 포기하지 마세요. 포기하지 않고 계속 정진하면 저처럼 꿈이 이루어집니다.

막상 책이 나온다 하니 불안하기도 합니다. 독자의 마음을 사로잡을지 어떨지 모르니까요. 하지만 어떤 결과가 나오더라도 실망하지 않겠습니다. 꿈을 이루었으니까요.

전에는 주로 시를 썼습니다. 그러다 점차 나이가 들어가면서 아동문학에 관심을 갖게 되었습니다. 그래서 요즘은 동시와 동화 쓰기에 푹 빠졌습니다. 동화책 출간도 하고 싶습니다. 이 꿈도 계속 꾸면 이루어질까요. 갑자기 아동문학에 끌리는 이유를 잘 모르겠지만…… 저와 인연이 있으니까 그런 것일 테지요.

서두를 적으니 처음 문학을 시작할 때가 생각납니다. 문학을 시작하기 전의 나는 어둠 속에서 허우적거리는 하찮은 존재였습니다. 그즈음 한 줄기 빛이 들어왔습니다.

어느 날 하릴없이 리모컨만 만지작거리며 보던 뉴스의 엄혹한 내용이 꼭 나를 닮아 있었습니다. 계속 시청하면 우울할 것 같아서 다른 채널로 옮겼는데 한 중증장애인이 자립을 해서 밝은 모습으로 시를 적는 모습이 강하게 머리를 강타했습니다. '바로 저거다! 시 쓰기라면 장애인인 나도 할 수 있지 않겠는가!'

그러나 막막했습니다. 무엇부터 시작해야 할지 몰라서 무작정 시집부터 읽었습니다. 한 권, 두 권…… 열 권 정도 읽자 시가 눈에 들어오기 시작했습니다. 시 창작법을 찾아 읽고 공부를 하며 한 편, 한 편 습작을 시작했습니다. 그렇게 지은 시를 평가받기 위해 문학카페에 올렸으나, 혹평만 받았습니다. 실망하여 그만둘까 생각도 하였지만 포기하면 밑바닥만 기는 인생이 될 거 같아 그만둘 수 없었습니다.

다시 심기일전하여 이전보다 열성을 다해 공부하며 습작한 시를 솟대문학에 응모하였습니다. 그리고 3년 만에 추천을 받았습니다(지금은 솟대문학이 종간되었지만…… 전해 들은 얘기로 솟대문학 등단이 상당히 까다로울뿐더러 더구나 3년 만의 추천완료는 빠른 편에 속한다는 것을 알았을 때 새삼 기뻤던 기억이 납니다). 나의 시가 수록된 책을 보는 기쁨은 세상을 다 가진 것이었습니다. 창공을 나는 새가 아니어도 내 작품에 감동하고 칭찬을 해주는 이가 있다는 것만으로도 커다란 기쁨입니다.

장애를 가진 내가 글 한 자, 한 자 적어 나가는 과정은 정말 고통의 연속이지만 계속 시를 써나갈 것입니다. 내가 살아있다는 증거이니까요.

어느 덧 무덥던 여름이 지나고 가을로 접어들었습니다. 책 한 권 구입해 읽어보세요. 저의 책이 코로나와 병마와 경제적 고통을 받는 사람들에게 조금이나마 활기를 불어넣어 주면 좋겠습니다.

2020년 10월
손성일

차례

3부

1부

강아지풀

여름 한낮

하느님이
바람을
오른쪽으로 던져서

어서! 어서!
물어오면

왼쪽으로 던지고
가져오면
또 오른쪽
또 왼쪽
……

하느님!

헉, 헉, 헉
강아지의 힘든
숨소리가 들리지 않나요?

선풍기 마법사

뇌병변인 내가
건강한 몸 달라고
매일
매일
빌어도
안 들어주었는데

한 번도 빌지 않은
선풍기가
돌돌돌
마법으로

건강한 몸으로 친구와
축구를 하게 했으니
네가 하느님이구나.

몽당연필

키가
확!
줄은 연필이
보였다.

아! 너무 부렸구나.
연필에게 사과하자

아니야!
너의 지혜가 자라는 걸 보며
얼마나 기뻤는데!
그러며 방글방글 웃는다.

소원나무

수많은 돌로
축 늘어진
나무가 가여워

슬며시 돌을 넣는데
— 괜찮으니, 말하렴!
미소의 말씀에

조촘조촘
영이와 사귀게 해달라고 빌었어요

가을 잎

노랑 주황 빨강
곡예사들이
사람이 오래도록
감상하도록
빙글빙글
동글동글
뱅글뱅글
천천히
천천히
내려온다

소나기

두두두
느닷없는 하늘의
전쟁에
허둥지둥
갈팡질팡
헐레벌떡 뛰는
사람들
다리가 아픈 나는
부러워요.

달팽이

뭐!
집이 있는 내가
부럽다고.

그럼, 가져가!
기지개 쫙 펴게!

장마

친구와 놀고 싶은 빗방울이
— 나랑 놀자
부드럽고 가늘게
시작했지만

계속해서
놀아주지 않자

점점

굵고
거세졌어요.

보름달

바다에서 소원을 비는
사람들

— 행복하게 해달라.
— 행복하게 해달라.

자신의 가족뿐

다른 이를
행복하게 해달라는
소원은 없어요.

별이 심심해

별이 투덜거려요.

낮엔 해가 있어
부르지 않고
밤엔 전등 있어
부르지 않고

흥!
별 눈썹이 올라가요.

손난로

추운 겨울
차르르!
차르르!
흰 지팡이 소리로
집으로 가다가

뚝!
끊겼어요.

계단인 걸 알고
조심조심
천천히 천천히
느릿느릿
내려가는데

— 내 손 잡아요.

어여쁜 아가씨 손 소리로
따뜻하게 내려왔어요.

얼음, 땡

신호등의
얼음!
에

뚝,
멈춘 사람

또르르르
눈동자 굴리며

땡!
을
기다린다.

자명종

풀잎에 맺힌
이슬
호수에

풍덩!

만물이
잠에서 깨었네.

점자

밤하늘에 별을 흩뿌렸나!
눈으로 보면
볼 수 없는 글자.

손끝에서 뜻이 되고
의미가 되기까지
오랜 세월
고행을 했겠지.

색색의 아름다움도
반짝이는 희망도
작은 점이로구나.

봄 1

봄이 한창 분만 중이다.
초록 병원 분만실이 분주하고
분만을 돕는 풀잎이 이슬을 떨어뜨린다.

이윽고
아!
자그마한 목소리와 함께
촉촉이 젖은 흙 사이로 꽃씨가 태어났다.

햇살이
축하했다.

나비도
축하했다.

벌도

축하했다.

한밤의 별

문득
창문을 열자
띄엄띄엄
별이 반짝여요.

예전에는 별이
강물처럼 많았고
은하수라 불렀다지요.

사랑도
별처럼 많았고요.

밥솥의 김

이른 아침
쌀을 사려고
문을 여니
찬 기운이
와락!

얇은 점퍼를 입고
쌀가게로 가선

장하다며
아주머니가 주신
귤 하나와 쌀과 함께

집으로 와서
밥을 짓는데
모락모락 피어나는

아주머니의 꽃 김이
가슴을 따뜻이 했어요.

파도 할아버지

투박하고 거친 돌
누가 매끄럽고
동글동글한
맹돌로
만들었나?

바다에 묻자

파도가
머리 하얗게 될 때까지
하신 거란다.

연필

톡
일부러
떨어뜨렸다

매일
꾹, 꾹,
공부만 한 연필에
휴식을 주고 싶었나 보다

또
르
르
툭!
바닥에서 멈추는
짧은 시간이었지만

마음은
운동장을 지나
가을 산과 바다를
구경했겠지

석탄의 사랑

기차를 움직이고
기계를 돌리고
따뜻하게 해준다고
고마워했지만

지금은
환경오염의 주범이라며
미움받는 석탄

그래도
추운 사람 있어서
검은 마음을 쓴다.

솜사탕 이불

주르르르
할머니가 솜사탕 파는 아저씨께
"손자와 먹게 두 개 주이소."
주름진 손으로 건넨
500원을 보며
"나는 누에 잡아다 장사하는 줄 아세요."
아저씨의 미소에
딱! 떠오른 기도

지병으로 밤마다
'끙끙' 앓으시는 할머니가
달콤한 잠들도록
솜사탕 이불 주세요.

붕어빵

공 씨가
추운 겨울
꽁꽁 언 수많은 가슴
녹여주려
가시 없는
따뜻한 붕어
모터 단 손으로
쌩! 쌩!
낚아
헤실거리며
건네자
가슴들
먹기도 전에
사르르
녹았어요

섬

넓고 거친 바다에
초라한 섬 하나 떠 있어요.
그 섬은 다른 섬으로부터도 떨어져
밤이 되면 조용한 눈물을 흘려요.
파도가 철썩철썩 때려도
물고기가 뻐끔뻐끔 놀려도
입이 없어 욕지거리 한번 못하지만
그럼에도 미소 지어요.

도깨비 할아버지

친구들과 야구를 하다가
쨍!
도깨비 할아버지 집
유리를 깨뜨렸어요.

나와 친구들 심장이
콩닥!
콩닥!

친구들은
재빨리 도망쳤지만
꼿발*인 나는 금방
잡혔어요.

나는 덜덜 떨었어요.
그런 내가 가엾던지 미소로 말해요.

"앴다! 아이스크림이다.
할아버지의 따뜻한 사랑에 꼿발이
온전하게 되었어요.

*꼿발 : 까치발의 방언, 뒤꿈치를 들고 발끝으로 서 있는 발의
모양 뇌성마비 장애인특성

2부

봄을 넣었다

개나리 민들레 나비 벌 햇살
졸졸 시냇물 살랑살랑 바람
스케치북 안에 넣었다.
그날부터 네모난 유리에 산다.
사람이 버린 쓰레기로 상처받지 않아도 되고
개발의 두려움으로부터도 벗어나게 되었다.
햇살은 따스한 미소를 보이고
바람은 살랑살랑 내 콧등을 간질인다.
나비 벌은 춤으로 내 눈을 즐겁게 하고
시냇물은 마음을 맑게 한다.
개나리 민들레는 아름다운 향기를 보낸다.
내 방에는 봄이 있다

별꽃

사람의 어둑한 마음을
밝히려 지상으로
내려온 앉은뱅이꽃

하늘의 왕자였던 네가
지상의 사람을 사랑해서
가장 작은 꽃으로
내려왔구나.

너를 보려면 허리를
숙여야 한다.
너의 마음을 보려면
작아져야 한다.

마음 1

잿빛인 그가
가여워서

한 알
한 알
쉼 없이
토닥였더니

본래의 흰빛을 보이며
환히 웃는다.

딱따구리가 부럽다

동물의 왕국에서
따! 따! 따!
집을 짓는
딱따구리를 보자

딱!
떠오른 생각

사람도
구멍만 뚫으면 안 되나?

목욕탕에서

자신을 녹여서
다른 이를 씻어주는 비누

뼈가 깎일 때마다
줄, 줄, 줄

네 눈물이
갖은 죄로 까매진 나
본래 흰빛으로 돌려놨으니
너야말로 천사구나.

내 키

벽을 타고 오른다

꺼억
꺼억

아무도 모르게
아무도 모르게

뼈가 자라는
아픔을
오롯이 감당하며

오후 한낮

새근새근
잘도 자는
햇살

밥 먹으라고
깨워야 하는데

자는 모습이
하도
평화로워서

자꾸만
머뭇거린다

돌멩이의 복수

친구와 다툰
성난 마음
톡, 톡, 톡
돌멩이에
화풀이했는데

분한 돌멩이가
일부러
탁!
아저씨께 부딪쳐
혼이 났어요.

예수님 개나리 보세요

딱 딱 딱
구두 노래 들으며
집으로 가던 내게

자그만 아기가 선물한
노란 미소를
찡긋, 찡긋
눈에 넣었어요.

종일 방에만 계셔서
심심한 예수님을 방긋
웃게 하려고요.

결혼

정장의 바람 신랑이
고운 웨딩드레스 살랑거리는
가을 신부와
오는 모습

코스모스는 하늘하늘
귀뚜라미는 귀뚤귀뚤
단풍잎은 울그락 붉으락
자신만의 선물로 축하해요.

나는 마음 의자

그녀가 앉아서
수다를 떨고
커피를 마시고
호호 웃고
그러고선 떠났어요.

이젠
추우면 그녀의 온기를
부르겠어요.

속 터져!

이미
마음은
하하! 호호!
사랑놀인데

발은 징검다리를

조심조심
천천히 천천히
느릿느릿

아! 속 터져.

잊을 수 없는 기억

자장면 먹고 남은 춘장
빈 그릇에 담는 할머니

"버리세요!"
손자의 짜증에
"와요!"
웃으시는 할머니

치매지만
가난할 적 아끼던
습관은 잊지 않았나 보다.

잔소리

바닥에 별 그리며
반짝! 반짝!
작은 별 노래 부르는

나와 동생을 보신
엄마도 같이
번쩍! 번쩍!
큰 별 노래 불러요.

매년 보낼게

밸런타인데이
초콜릿 받는 남자가 부러운
한 남자에게 봉투 속에
초콜릿 넣어 부쳤어요.

우표도 붙이지 않았고
주소도 적지 않았어요.

— 찾을 수 없는데!
걱정하지 마세요,
받는 이가 나니까요.

내 잘못이죠

모래에 그린
분이♡나

철썩!
파도가 쓸어가자
글썽이는 눈으로
바다를 보는데

파도에 반사된 빛에
뜻하지 않은 깨달음

— 내 잘못이었구나!

엄마 아빤 이상해!

선풍기 하나로
견디는 여름

아빠에게 돌돌돌
엄마에게 돌돌돌

내게는
돌돌돌, 돌돌돌
돌돌돌, 돌돌돌

내게만 있는

혹시

마트 식품코너에서
한 번
엘리베이터에서
두 번
거리에서
세 번

우연히 계속되면
운명이라던데

쿵덕, 쿵덕
내 얼굴이 빨개지자

거리의 차들
빵빵, 부르릉
놀려댄다.

모르겠다

아프겠다
아니, 따뜻한 걸

엄마 품에 안긴
아기 고슴도치의
따뜻하단 말

도저히
모르겠다

지갑 속 천 원

찬바람이 부는 가을
새 지갑 사러 마트에 갔다.

중후한 멋의 가죽지갑
귀여운 만화 캐릭터가 새겨진 지갑
예쁜 꽃무늬의 여성지갑 샀다.

집으로 오는 길
아이들이 모락모락 김이 나는
거리의 음식을 맛나게 먹고 있다.

쓰레기통에 버린
낡은 지갑 속의
오래된 추억 한 자락이
바스락거렸다.

코 흘리게 어린시절
불량식품 사먹으려
천 원 한 장을 꺼내면
친구 서넛이 모여들어
나는 얼마 먹지 못했다.

불량식품을 사먹기엔
너무 커버린 지금
그 시절이 그립다.
친구들 지금 무얼 하고 있을까

가족

경상도 사내는
세 마디만 한다.

아는
밥 먹자
자자

아빠도 말 안 한다.
나도 말 안 한다.
동생도 말 안 한다.

엄마는
방에 있는
가장 말이 많은
텔레비전만 본다.

월세

17평 아파트
혼자 살기엔
너무 커.

고독함
외로움
생각
내놓아도 남아서
세를 주기로 했네.

월세는 사랑

염주 만들기

부처님오신날
안국선원에서

내 악업
한 알
한 알
부처님에게 참회했어요.

그러나
한 알
한 알
바칠 때마다
태산같이 짓누르는
뇌병변 무게로

삼천대천세계 별만큼의

땀방울 몸을 덮었지만

일체유심조

그만큼의 업이 소멸되어
나는 나는
기뻤어요.

새우등

아침마다
지하철 앞에서
김밥을 파는 할머니
새우 같아요.

남편 보내고
자식 키우느라
한평생 일만 하신 할머니

등속에
그동안 슬픔이 있고
슬픔을 들어주고 싶어요.

저녁식사에
새우가 있어서
등을 폈어요.

〈

할머니가
오늘만이라도
허리 펴고 편히
주무시게 하고 싶어서예요.

된장국의 사랑

갈색빛인 그녀

두부와 파와 조개로
한껏 멋부리고

아침 흐린 눈빛의 나
생기 돋우려
보글보글
톡톡
보글보글
톡톡

구수한 말투로
사랑 노래 부른다.

3부

푸른 하늘

매일 푸드덕!
하늘을 날려고 애쓰는 닭이
오늘은 풀죽은 눈으로
푸른 하늘을 보아요.

그러자 울먹이는 닭이 가여운 해님이 말해요.
— 닭아! 하늘 날려고 애쓰지 않아도 돼!
보기만 하여도 괜찮아.

돌탑

— 소원을 올리려는 얘야!
내 말 좀 들어보렴.

저 수많은 소원
하나, 하나 소중하고 간절하지.

그러나
맨 아래 첫 번째 소원은
그동안 쌓인 소원의 무게로 힘들어 해.

— 그러니 너의 소원 올리지 말아줄래.

겨울 1

아기 쑥이
세상이 궁금해서
쑥!
고개 내미는데

찬바람이
딱!
— 조금만 참아.

노숙인의 죽음

키우던
병아리가 죽었어요.

물주며
모이주며
사랑주며
애지중지 키웠는데
갑자기 떠나자
가족이 울어요.

그러나
누구도 울어주지 않는
사람이 있어요.

마녀는 큐피드였다

마녀가
거울이 반대로 비춘다는 걸 알았다면
자신이 가장 예쁘다는 걸 알고
백설 공주를 쫓아내지 않아
일곱 난쟁이도 만날 수 없어
왕자도 만나지 못했을 거야.

결국, 마녀가 공주를 행복하게 했어.

그려진 꽃

이불 위에 그려진 꽃
— 누가 그랬나?

엄마의 눈이
동글동글 찾았고
구석에서 웅크리고 있는
아기가 보였어요.

그걸 본 엄마
— 이리 오렴!
미소를 짓자

아기,
그제야
폴짝폴짝!
엄마에게 안겨요.

봄 2

땅이 봄꽃을 보려고
푸른 눈을 쑥 쑥 쑥~
내밀자

얼른 캐어서
쑥국, 쑥떡을 요리했다.

아가!
맛나게 먹고
쑥, 쑥 자라렴.

꿈을 꾸는 주전자

북한을 지나
세상 여행을 하고픈 주전자
부산역에서 출발을 하려나 보다
뿡~ 뿡~ 뿡~
기적소리 울리는 걸 보니.

이런 건 사랑이 아니에요

— 강아지의 울음
목줄로 자유를 없애버리고
작은 아파트에 혼자 있게 하여
외로움에 앙! 앙! 울고
싫다는데도 강제로 껴안고, 목욕시키고
내가 그리해달라고 했나요?

마음 2

혼자 있고 싶으면
— 들어오지 마세요.
포스트잇
문에 붙이듯이

— 관심 끄세요.
포스트잇
휠체어에 덕지덕지 붙이면

종교인의 전도지
할머니의 동정
지하철 사람들의
— 자리에 앉으세요.
오지랖서 해방될까.

눈사람

차가운 눈을
데구르르
데구르르
민아가 만든 머리와

데구르르
데구르르
수정이가 만든 머리를
힘 모아서 합체하니
따뜻한 눈사람이 되었어요.

칭찬 전염

지금,
내가 연예인 기사에
— 예뻐!
라고 쓰자

여태까지 한 욕설은 멈추고

줄이어
예뻐!
예뻐!
예뻐!
칭찬해요.

보물

집에 놀러온 엄마 친구
침을 튀기며 아들 자랑한다.
그걸 안 딸 가진 엄마
자기 아들 달라며 난리다.

끝없이 나오는 자랑
엄마는 냠냠 쩝쩝!
미소로 먹고

그러는 사이
별 가로등 총총히 켜지자
엄마 마음에 남은 초라함
애써 털어내고선

와락, 나를 끌어안고
"넌 나의 보물이야"

줄 줄 줄!
눈물에 장애아들 가슴은
먹먹해진다.

바로 나

어느 날
바람결에 보인
엄마의 흰 머리칼
내 마음
콕!
찔러
흰색으로 낙서한
진범
눈 부릅뜨고 찾았는데
그건, 바로
수많은 나였어요.

다라이 수영장

— 파닥 파닥 파닥
수영복 입고
시간 가는 줄 모르고
해맑게 헤엄치는데
"이게 뭐야!"

갑자기 등장한
난장판 된 방을 본
엄마의 호통에
금세 세상이 캄캄해졌어요.

휠체어

— 윙, 윙, 윙…

숨 거친
발소리 들으며

엄마는
매일
— 줄! 줄! 줄!
눈물로
반성문을 쓴다.
— 내 잘못한 것이
아들에게 간 거라고

푸른 싹

우리가 자고 있다고!
천만에!
나뭇가지 속에서
땅속에서
눈싸움하고
얼은 개울가에서
스케이트 타는 너희를
부러운 눈으로 보고 있어.
어서 봄이 오길 기다리고 있어.

꽃샘추위

아침이 오자
겨울 요정이
따뜻한 꿈꾸라며
아이들에게 덮은
솜이불
바람 손으로
훠이! 훠이!
개켜요.

겨울 2

게을러진 하나님이
머리를 감지 않아
비듬이 떨어졌대
산에도
들에도
강에도
쌓여
해님이
길을 잃은 거래

달콤한 꿈

별 나무의 별
— 콕콕콕
까치가 쪼아요.

올봄
반짝반짝
토실하게 익으면

내게 먹이려고
엄마가 정성스레 심은
별

까치도
꿈이 달콤하단 걸
아나 봐요.

아빠 양말

퇴근한
아빠 발에서 나는
된장 냄새
아이 싫어!
아이 싫어!
얼굴 찡그리면
아빠, 건강하라고
몸에 좋은 된장 양말 사 주었지.
엄마의 대답에
나도 된장 양말
조르는 눈으로
엄마를 보아요.

사랑 전염병

냄비를 든 할머니
거리에서 국을 끓이자
호기심에 모여든 사람들

주문할까 말까
망설이는데

한 사람
— 국 한 그릇 주세요
외침에
방주 터지듯
국을 주문해요

시각장애인 사진작가

어머니가 꽃의 위치를 알려주자
온 신경을 집중해요.
꽃의 아름다움을 담는 작가
찰칵찰칵
소리도 향긋해요.

솜사탕 이불

1쇄 발행일 | 2020년 10월 30일

지은이 | 손성일
펴낸이 | 정화숙
펴낸곳 | 개미

출판등록 | 제313 – 2001 – 61호 1992. 2. 18
주소 | (04175) 서울시 마포구 마포대로 12, B-103호(마포동, 한신빌딩)
전화 | (02)704 – 2546
팩스 | (02)714 – 2365
E-mail | lily12140@hanmail.net

ISBN 979 – 11 – 90168 – 18 – 2 03810

값 10,000원

***이 책은 한국장애인문화예술원 의 후원을 받아**
2020년 장애인 문화예술 지원사업의 일환으로 발간되었습니다.